まどさんへの質問

大橋政人

思潮社

まどさんへの質問

大橋政人

思潮社

目次

＊

装幀＝思潮社装幀室

まどさんへの質問

とんがり帽子

退職した初めての夏
カリフォルニアン・ポピー
という橙色の小さな花を
裏の畑から取ってきて
毎日、見ていた

朝

大きく開いていた
四枚の花弁が
夕方には
四枚が身を寄せ合って
一本のとんがり帽子になっている
その後
チューリップや睡蓮
いろいろな花が
そうすることを知ったが
あのときの
カリフォルニアン・ポピーは
私が見た
初めての生身の花の現実だった

（花とは
（何が咲いているのか

その夏から私は
大きな問いに
飲み込まれたままだ

ニンゲンデス

ワタシハ
ニンゲンデス

こういう言葉は
小学校の同窓会とか
隣組の新年会などでは使わない

村役場とか
交番で
道を訊くときにも使わない

ワタシハ
ニンゲンデス

私がそう挨拶するのは
猫にさわっているとき
卓上の花を見ているとき
かがんで蟻を見ているとき
犬の散歩で
玉蜀黍の葉っぱが

バタバタ風に
さわいでいるのを見たとき

正確には
ワタシハ
イマ
ニンゲンデス

イマ
ニンゲン
である私が
いま猫である猫に
改まって

挨拶します

理由

ちょっと
郵便受けを
見にきただけさ

右に行く理由
左に行く理由

人にはいつも
分かるようにしておくのがいいから
小さい理由を
いくつか
準備しておく方がいい

右足から出て行く理由
左足から出て行く理由

向こうまで歩いて行く理由
その道を帰って来る理由

(花を見ても

（あの人はみんな比喩にしちゃうよ
（花と死と宇宙を
（みんなごちゃ混ぜにしちゃうよ

そう言われないためにも
花の名を
その色も
その場所も
正確に覚えておきたい

ある日のまどさん

――まど・みちおさんを偲んで

答えを
期待していない問いが
朝の空に
プカプカ浮いている

問いの力は
かなり強く

だんだん激しくなっていくのに
答えを期待していないから
気楽なもんだ

あっちへ行ったり
こっちへ来たり

丸くなったり
長くなったり

答えから離れてしまったら
問いは自立できない

問いは問い自身を失い
答えは答え自身を失う

問うているのか
唱えているのか

問いの言葉が
ある朝
そのままそっくり
賛嘆の言葉に変わっているのに
自分でビックリしたりしている

まどさんへの質問

ゾウさんが
ゆったりゆったり
歩いている

テレビの中のことだが
背中に人を乗せ
右足を重そうに上げ

左足を重そうに上げ

ゾウさんの
大きな影の中を
白いネコが二、三匹
ピョンピョン跳ねながらついて行く

白いネコは
カラダもない
くらいの身軽さなのだが
ゾウさんの右足は重いのだろうか
ゾウさんの左足は重いのだろうか

まど・みちおさんとは
電話で一度話しただけで
結局、一度も会えなかった

ゾウさんは
自分のカラダが重いのだろうか
重いのを悲しんでいるのだろうか

まどさんと二人
タバコでも吹かしながら
（まどさんは禁煙したのだろうか）
そんな話をしてみたかった

ゾウさん
ゾウさんの
まどさんへの質問

玉蜀黍

ここに指を
あててごらん
と言ったら
根元のすぐ上の硬い幹に
（砂糖黍の幹を昔、よく齧ったな…）
少年は人差し指をあてた
ここは硬いから幹だよね

この幹の上を
目をつぶって
指を上に滑らしていくと
ほら、いつの間にか葉っぱだよ
面白いだろう
もう一回、そのすぐ上の幹に
指をあてて、目をつぶって
指をずらしていって
目を開けると
ほら、また葉っぱだよ
そんなことを何回かして
てっぺんのちぢれっ毛に着いたら
サヨナラもなく

疾風のように
少年はどこかへ消えてしまった
幹だったのが
いつの間にか葉っぱだよ
別々のようで
つながっているのが
この植物の面白いところなんだ
メビウスの帯みたいで
不思議だろう?
とかなんとか
真面目にマトメを
言おうとしていたのに
風に葉はバタバタ鳴るばかり

少年の姿はどこにもない

オタマジャクシ

U字溝に
もちろん水は来ているのに
その上に腹這いになって
田んぼの中へ
少年は右手を伸ばしている
左手には空きビン

遠くのほうから
おばあちゃんらしき人が
手を振りながら慌てて走って来る

植えたばかりの
早苗の間を
黒いオタマジャクシが
ウヨウヨ

前足からだっけ
後ろ足からだっけ
オタマジャクシは
すぐに足が出て

ビンから跳び出しちゃうんだよ

どっちかの足だけ出たのは
オタマジャクシでもないし
カエルでもない
子どものころ
どう呼んでいたのか記憶にもない

（変化するんだっけ？
（無変化するんだっけ？

そう言えば
田んぼの稲にも

早苗以降、ろくな名前がない
そんなことを考えながら
犬といっしょに
少年を
真上から見ていた

水を見ないで

犬の散歩で
田んぼに行ったら
三歳くらいの女の子が
U字溝を中腰でのぞきこんでいた
その後ろでおばあちゃんも見ていた
この川にはなんにもいないのに
と思いながら通り過ぎたのだが

線路の土手のところで振り返ったら
二人ともまだ同じ格好を続けていた

もしかしてあの子は
水の流れるのが面白いのかな
それで見ていたのかな
それならさっき
こう言ってやればよかった
と歩きながら考えた

水を強く見てはいけないよ
水はコワイんだよ
水には頭もシッポもない

水は切れ目がないからお化けなんだよ
昔々、『アフリカン・ノートブック』
という本で読んだことだけどね
アフリカに
水を一生、見てはいけない
と言われた少女がいた
女の子はその禁忌を守って
丸木橋を目をつぶって歩いていて
川に落ちて死んでしまうというお話

水はじっと見ていると
だんだん長いお化けになっていくんだ
だから水を強く見てはいけないよ

ほら、さっきから見ていただけで
もう水がチカチカ光り出したろう
目もチカチカしてきただろう
そのうち頭がクラクラして
もうすぐ自分が立っていられなくなる

*

静寂

頭の中で
ころがしているときは
いい詩ができた
と思っていたのに
白い紙に
鉛筆で書き始めたら
四行目のところで

止まってしまった
口に出してしまった
明け方の夢みたいに
朝の光の中で
すぐ色あせてしまった

静寂は
言葉を含めての静寂だったので
言葉を取り出したら
静寂も
すぐに干からびてしまった

一つの静寂を
一つの詩に
仕かえしてはならない

静寂のまま
私はただ
行方不明に
なっていけばよかった

花の温度

熱くて
さわれないような
花はない

部屋の温度を
強くしても
花は

熱くならない

花弁に
指でさわると
いつも
花瓶の温度と
同じくらい

花瓶の
水ばかり
飲んでいる
せいだろうか

（一日中
（澄ました顔で
（水の中

熱いのか
寒いのか
気も知れないから
着物も
着せられない

下界

犬が激しく吠え立てるので
窓から下を見てみたら
家の前の道を
ジャージ姿の中年男女七、八人が
西の方に向かって
うつむきながら
のろのろのろのろ歩いていた

犬は何か
異常を感知したのだろう

十五分ほどして
（これも犬の激しい鳴き声で知られたことだが）
同じ集団が引き返して来るのが見えた
近くの授産施設の人たちの
朝の散歩なのだろうか

隣家の庭では
老夫婦の
静かなお茶の時間
その足元には

野良猫が二、三匹
老夫婦の頭の上の
瓦屋根にも一匹
寝ころんでいるが
そのことを
老夫婦は知らない

こちらは見られずに
二階から見ているだけ
というヘンな静けさ

机に戻りしな
窓の北側を見たら

コブシの木の先端が
目の高さまできていた
枝にびっしりついた蕾が
さっきから私をのぞき込んでいた

言葉

言葉で
考える人がいる
言葉を
考える人がいる
言葉で

考える人は
昔から
ものおもひが得意

言葉を
考える人は
言葉のカタチばかり見ようとして
ただ、ぼんやりしている

（言葉と言葉の接点が
（ギシギシ鳴っている

ぼんやりしていると

見えているものが
近づいてくる

奇妙な
生々しさ

近づき過ぎて
みんな
お化けみたいになる

草や
木や
水や

花や

あっ

あっ
と言って
その一音を
少しずつ延ばしていけば
叫びである

私は

たった一つの叫びで
ここまで生きてきた
ような気がする

吐いて
吐いて
吐いて
吐いて

まるで
人間ドックの肺活量の検査みたい
過呼吸の反対で吐いてばかり

息つぎなしで
よくここまで
生きてきた

生きてきたのが
ウソみたい

0行の詩

私の詩でさえ長過ぎると
萩原先生に叱られたのに
最近の詩ときたらもう……
三好達治がそう言って嘆いたのが
確か四十五、六年前

見開きに収まるよう

24行以内で書きなさいよ
アンソロジーに入れられるから
酒席の戯言で
某女性詩人からそう言われたのは
三十年ほど前か

群馬県に
上毛新聞というローカル紙があって
七、八年前
ピッタリ20行の詩を
二、三年続けたことがある

そのせいでもないが

私の詩はどんどん短くなっていく
詩がだんだん下手になってうれしい
と言ったのは山村暮鳥だが
詩が短くなっていくのが
私はうれしい

宗左近さんは晩年
中句という一行詩を書いた人だが
一行詩でも
一文字詩でも長過ぎる

私の夢は
死ぬまでに

0行の詩を
一篇書いてみること
タイトルも
氏名もない

タイトル

タイトルのない詩は
首のないキリンみたいだよ

子どもの
詩の教室などで
いつもそんな話をする

いい加減に
エイヤッとつけたタイトルなんて
首がグラグラしている
キリンさんみたいだ

それでも
ないよりはいい

タイトルのない詩なんて
首のない人間
いや、ニワトリみたいだよ

あっちへバタバタ

こっちへバタバタ
無駄に血ばかりまき散らして

最後の一行まで
しっかり書けた詩には
ごく自然に
ポンと首がのっかってくる

完成した
印みたいにね

名札

休日が続くので
さすがに
人影もない

うちの奥さんは
道端の花壇で
小さな草花の前に

小さな園芸ラベルをさし込んでいる

ブルネラ
ルイシア
ハナトラノオ

(みんな覚える気もないのに
(花の名前を訊いてくるんだから
作業の訳をぶつぶつ言いながら
次々とラベルをさしていく

公園に行けば

どの木にも吊るされ
昔々は制服の胸に縫いつけられ
本体を指し示し続けてきた名札

ヒソップ
レディースマントル
バルンフラワー

本体の前に置かれた名前を見ると
いつも胸が騒いで苦しくなる

道行く人は
花を見てから名札を見るのだろうか

名札を見てから花を見るのだろうか

私の国語算数理科社会

国語

少年は
学校へ
行く

「少年」と「行く」を

離してはいけません

文章は
一息に読んでください

主語も
述語もありません
品詞はぜんぶ
消滅しました
感嘆詞だけ
残して

算数

1＋1＝2
という等式は成立しません

1に1を
足そうとしたって
もう前の1は
机の右端のところから
落ちてしまいました

後の1も
追いかけていって

三秒後に落ちてしまいました

理科

固体
液体
気体

ものの状態を表す用語を
三つ並べただけで
ゾクゾクしてきます
冷静ではいられません

液化
蒸発
昇華
凝固

一つの状態から
別の状態へ変化する
四つの言葉を並べただけで
目眩がしてきた
もう立っていられません

社会

心が幻と言うのなら
肉体も幻です

どっちか
残してはいけません

言葉が幻と言うのなら
物質も幻です

どっちか
残してはいけません

全体が幻と言うのなら
部分も幻です

どっちか
残してはいけません

*

頭

人間ニハ
頭ガアル
犬ニモ
猫ニモ
牛ニモ
頭ガアル

地上ヲ
水平ニ
移動スルモノニハ
ミンナ頭ガアル

頭ガアルカラ
顔モ
目モ
口モ
アル

草ヤ
木ヤ

花ニハ
頭ガナイ

地上カラ
垂直ニ
ノビルモノニハ
頭ガナイ

頭ガナイカラ
顔モ
目モ
口モ
ナイ

泳ぐが泳ぐ

イルカは
ドルフィンなので
ドルフィン・キックで
全身を
上下に
しならせていく

ふつうの魚は
タテに平べったいので
真後ろから見ると
カラダを
左右に
しならせて泳いでいく

上下にしても
左右にしても
泳ぐものには
カラダと
しなりとの
境目がない

しなるものと
しならすものとの
境目がない

水族館で
小学生みたいに
口をあけて見ているのに
境目が見えない

何が
何しているのか
わからなくなるけど

わからないから
目が離せない

泳ぐものは
泳ぐ
と思う前から
もう泳いでいる

歩くが歩く

子どもは
右手
左手
大きく
頭より高く
手を振って
元気よく歩いてください

目の悪いおじさんにも
歩くとは
何が歩いているのか
よく見えるように

子どもは
右足
左足
互い違いに足を突き出して
まっすぐに歩いてください

頭の悪いおじさんにも

歩くとは
何が動いているのか
よくわかるように

（歩くが歩くが歩くが歩く
（歩くが歩くが歩くが歩く

言葉につられて
右手と右足
左手と左足
いっしょに出しちゃったら
おじさんが
ワハハワハハ

大笑いしてやるから

天衣無縫

天衣無縫
という四字熟語は
天人の衣には縫い目がない
ということだが
これを最初に言った人は
エライなあ
と思う

天衣無縫の
わが家のネコを
試しに点検したところ
ネコのカラダには
どこにも縫い目がない
胴体と四本の足の間にも
胴体と首の間にも
胴体とシッポの間にも

天衣無縫
という言葉の
そのオソロシサが

この年になって
初めてわかった

ネコは
天衣無縫だから
天衣無縫である

本体と動作
静態と動態
オソロシイことに
二つの間に
どんな縫い目もない

ネコの歩行のオソロシイほどの静かさ
ネコの跳躍のオソロシイほどの自由さ

本当の今日

トンデモナイ世界へ
飛び出してしまった
トンデモナイ世界（以下「宇宙」と言う）の
ここはど真ん中なのか
それとも「宇宙」

（ビッグ・バン以前も含むのでカギカッコをつけた）の
端っこなのか

地球がさまよっているのだから
日本国も何も
その上に乗っているものは全部さまよっている

それでも
庭木は芽吹き
子ネコも
部屋から部屋へ走り始めた

コーヒーを飲みながら

穏やかな春の日を浴びている今日は
西暦で言えば二〇一五年四月一七日
五月になったら
榛東村の
現代詩資料館「まほろば」へ行くけど

宇宙暦で言ったら
本当の今日は
何年何月何日なのか

時間の末霞む
その辺りのことを
ひそかに（真剣に）考えている人に

会えるといいな

肉付き

顔は
笑ったり
泣いたりしているが
どの表情も
みな肉付きだよ

口が動いたり

唇が動いたり
頬が動いたり
みんなつながっているから
何が動いているとも言えないけれど
肉を動かさなければ
人間は笑うことができない
肉を動かさなければ
人間は泣くこともできない

（私が口笛を吹いたら
馬鹿な子ネコがね
中に小鳥がいると思って
口の中を真剣にのぞき込むんだよ

声だって肉付きだよ
肉のほかに声はないのに）

みんな肉付きで笑っている
のが今日はよく見える

みんな肉付きで泣いている
のが今日はよく見える

深夜
テレビの音量を
消して確かめるまでのことはない

火を見るな

写真に写せば（写真は全てを止めて、止めることによって動かし始める）一応、カタチになっているが、蛇の舌のようにチロチロ動きまわる本性は写真ではつかめない。

一瞬、一瞬、変容し続けるカタチ

をカタチと呼べるのだろうか。あんなものでも量れば、いくばくかの質量はあるのだろうが、人間が誰も自分の手の平にそれを乗せようとしないのは、カタチと属性が無理に混じり合おうとするときに生じる莫大な融合熱に、どんな分厚い皮膚でも耐えられないからだ。

何よりも恐ろしいのは、物質であるのに命あるもののように自在に動きまわることだ。木と木を摺り合わせたその接点から生じたくせにその出自をも焼き尽くし、指を燃やし、家を燃やし、山を燃やす。

ほどよい距離で手をかざし、暖をとることがあっても目を開けたまま長時間見続けてはならない。炎の乱舞を凝視してはならない。瞳の奥底に、その炎を植え込んではならない。己が出自をも燃やし尽くした奴の狂気が乗り移ってくる。

あとがき

前詩集『26個の風船』以降に発表した作品の中から選んだ。初出は「とんがり帽子」（「朝日新聞」二〇一四年八月一九日付）と「水を見ないで」（「現代詩手帖」二〇一三年六月号）を除いて、所属誌「ガーネット」と金井雄二さんの個人誌「独合点」。詩集にまとめるに際し初出時の作品に一部、手直ししたものもある。

「♪目にうつる　♪全てのものは　♪メッセージ」。詩集の編集を始めた昨年十二月、たまたまユーミンさんの「やさしさに包まれたなら」という曲を聴いた。ＮＨＫ総合テレビ「ＳＯＮＧスペシャル　松任谷由実　見えない大切なものを探して」という番組の中で本人が歌っているのを聴いた。

この番組はユーミンさんが『星の王子さま』の作者サン＝テクジュペリの生地を訪ねるというドキュメンタリー風の番組だったのだが、その中でユーミンさんは次のようなことを話していた。

「目にうつる　全てのものは　メッセージ。十九歳のとき、自分でもどうやってつくったか覚えていないフレーズの真逆が『星の王子さま』の「大切なことは目に見えない」で、言葉としては真逆なことが言われているんだけれど、魂はいっしょ。そこを描かなくちゃね、と強く思っています」。

今回の詩集は、このユーミンさんの言葉に励まされながら、ときには音程無視の鼻歌で景気をつけながらの編集であった。

著作一覧

詩集：『ノノヒロ』（一九八二年、紫陽社）
『昼あそび』（一九八六年、紫陽社）
『付録』（一九八六年、私家版）
『キヨシ君の励ましによって私は生きる』（一九九〇年、紙鳶社）
『泣き田んぼ』（一九九四年、紙鳶社）
『バンザイ、バンザイ』（一九九五年、詩学社）
『新隠居論』（一九九七年、詩学社）
『春夏猫冬』（一九九九年、思潮社）
『十秒間の友だち』（二〇〇〇年、大日本図書）
『先生のタバコ』（二〇〇一年、紙鳶社）
『秋の授業』（二〇〇四年、詩学社）
『歯をみがく人たち』（二〇〇八年、ノイエス朝日）
『26個の風船』（二〇一二年、榛名まほろば出版）

絵本：『みんな　いるかな』（二〇〇三年、福音館書店）
『いつのまにかの　まほう』（二〇〇五年、福音館書店）
『みぎあしくんと　ひだりあしくん』（二〇〇八年、福音館書店）
『おおきいな　ちいさいな』（二〇〇九年、福音館書店）
『モワモワ　でたよ』（二〇一二年、福音館書店）
『ちいさなふく　ちいさなぼく』（二〇一三年、福音館書店）
『のこぎりやまの　ふしぎ』（二〇一四年、福音館書店）

まどさんへの質問《しつもん》

著者
大橋政人《おおはしまさひと》
発行者
小田久郎
発行所
株式会社 思潮社
〒一六二―〇八四二　東京都新宿区市谷砂土原町三―十五
電話〇三（三二六七）八一五三（営業）・八一四一（編集）
ＦＡＸ〇三（三二六七）八一四二
印刷所
創栄図書印刷株式会社
製本所
小高製本工業株式会社
発行日
二〇一六年十月十五日